狂狗集

Mad Dog Riprap　Keijiro Suga

管啓次郎

# 狂狗集

朝が歩く明るい雨にぬれてゆく

犬の仔や虚空の徘徊永遠軌道

ウランバートル街路の孤児の賭け莨《たばこ》

エルザスとアルザスの間に吹雪く音韻
尾がしめす導き無くして救ひに至る
快哉也周回道路のメビウス環《わ》

キラウエア喫水線の kill away

苦難の道だ茨の冠だ長い道だ

鶏飯に騒ぐ獣の稲荷信仰

荒涼平原歩む勇気の合言葉
砂金掘りに記憶預けて船出せよ
島々の意図縞の思想の布の糸

水木金ねむつて過ごす自己セラピー

清少納言？夢なき旅路の未知の美女

想像域に猿を泳がせ川下り

楽しさは前世忘れる試練なり

チミチャンガ赤と緑の中間地帯

追憶は草葉の陰の冗長性

提携します世界の眠りを乱すため

遠い海岸私の波には誰が乗る

泣く子らがザリガニむさぼる夏休み

人情も忍耐もなき庭作り

ヌメアで出会え不適な面の偽ゴーギャン

熱帯で歌ふハレルヤ念仏行

濃厚なショコラ一杯100マイル

俳諧と徘徊と諧謔と嗜虐

非人称先取りされたニルヴァーナ

不快指数を快に転じる心意気

ヘルシンキ地獄の口は犬に訊け

包囲光に魂さらす万聖節

迷ふ勿れすべての迷路でおれが待つ

未開というも「開」に開なしこれで良し

無情と人情いずれの道も深情け

明解な満月狂気の鏡をひとつ割り
猛獣の心をきみが手なづけた
やなこつたパンナコッタが欲しいんだ

夕方を崇めて千年夜を待ち
妖術と魚の頭のせめぎ合ひ
雷鳴に目覚めし間際の紅楼夢

リスボンや栄華の果てに鷗あり

流転せよ苔むす石ころ夜明けは近い

連綿と写経のごとく文字を打つ

ロックに死す墓場の宵の岩石譚
忘れ草嚙んで舌を黒く染める
朝焼けに炎を借りて焚く命

椅子から転げて子犬がそのまま眠つてる

有為転変地球の果ての蒙古斑

永劫の愛を誓ひし映像家族

恐ろしい速さで雲が飛んでゆく
環状線が頭をきつく締めつける
近海漁業そぼ降る雨にも放射能

クリスマスといふ名のさびしいマスゲーム

賢なるかなお笑い一筋ジャン＝ポール

交渉なんて食事のあとのだまし討ち

坂の上塗られた空の同心円
詩歌悲歌挽歌さざんか道の声
酔狂も teetotal の副作用

性格こそ忠犬そのもの鴨そのもの

そつくりこのままこの海をごくんと飲めるなら

大気圧形状記憶のステンシル

誓ひも新たにこれから畑を耕さう

「つい出来心で」さうさすべてはhappenstance

定型詩にあこがれ「東」の窓を仰ぎ見る

遠くまで行かう陶酔もなく問ひもなく

泣き寝入りの子犬夢で吠えるよわんわんわん

新潟平野の湿原忍耐力のあいうえお

縫ひ針で心を縫つて袋詰め

猫にまでお礼をいひたい陽気です

濃霧を抜けると不意打ちだつた northern lights

歯が痛いので今日は帰らう春の海

「光あれ！」と叫んで懐中電灯ともす小学生

福引きと福笑ひによる歴史観

変形文法で視界の歪みを矯正する

本格的な狩猟に精霊の助けと持久力

マイスター・エックハルトにちなんだハムエッグ

眉間に皺寄せ口を歪めてそれでも「いいよ」といふ

無闇にガムを噛むなよ歯がバキバキ折れるぞ

メンソレータム目蓋に塗つて深夜の中央道

もういちど白砂に潜れ白日夢
焼け野原世界の終末跳び越えろ
夕方から生じる心の響きを録画せよ

洋上の鳥緯度に抗ふ筋、骨、眼

騾馬の反逆帝国解体奴隷の怒《ど》

倫理なく理解なく理由なく由来なし

留守番とバナナ一房不可分契約

恋愛的連弾ダダとダダとのダダダダダ

楼閣が崩れてゆく老人は死んでゆくと朗唱せよ

鰐の涙の真実うそとまことの弁証法

あこんかぐあアリストテレスの未知の山

異郷なりレモングラスで蚊を避けよ

嘘つきの心を拝み倒すよ洗ひ熊

絵心が白紙を燃やす稲妻描く

王国の地図にまぎれて隠れん坊

カルタで城を作つたよすぐ倒れたよ

気温が下がつた霊魂眼鏡で対抗だ

苦海に浄土あり客家《はっか》に放山チキンの正餐

警戒せよひたすら論破せよそのむなしさを知れよ

航海術海に流れる星拾ひ

再起せよ世界はきみを待つてゐるかも

師走越えれば正月なんて暦の幻影
西瓜糖甘美な心のノスタルギーヤ
正解はハバロフスクの焚き火です

騒擾の裏に沈黙音の反動

黄昏は目撃不可の道《たお》の光

地球といふが見たことがあるのか球なのか

追跡癖がトラブルを生むからそこで待て

天上への添乗員を募集します

トンガは「南」南の南を見に行くよ

茄子色に夕なづむ世に犬一匹
西の森のそのまたむかうに帰つてゆけ
ヌクアロファァ浜辺の豚と潮干狩り

ねはんを期待するのか修行もしてない癖に

農学校のビーグルが兎をかわいがるんだって

葉隠れとはコロボックルの忍術か

氷見《ひみ》を見よ氷山群が流れてる

不死を誓って細胞を金属に置き換える

変換ミスだよ私の顔はこんなぢやない

侯孝賢と中山北路ですれちがふ

鉞《まさかり》をかつぐのはいいが振り下ろすのはいやだよ

未開の心をなだめ四種の果実をとつてきた

夢窓国師よきみの窓から何見える

「明解な妄想」頭の上のバルーンなり

モナリザの後頭部は禿げてゐるらしい

焼芋のうまさを忘れてたしみじみ旨いな

"You have a cut," 場面が場面を呼んでゆく

「妖怪人間」そのコンセプトに脱帽です

らつこの毛皮がボディ無きまま踊つてゐる

李朝の宮殿にリーボックを履いて行つた

“Ruthless!” と彼女がいつてゲームオーバー

恋愛の秘密は結晶への興味

ロックンロールに心を託してロールオーバー

山葵ありてわびさびなしこの冬山裸

アルルカン歩かぬ道をばずんと跳べ

移行措置星から星への渡り鳥

迂回せよ牛と見し世は泥の河

栄光を氷砂糖に閉じ込めた
沖合に不思議な少女が立つてゐる
加水重合といふ現象を説明できなかつた

黄金《きん》の夢指輪の影の殺意かな

熊楠が大樹の枝に立つてゐる

剣とペン無力と力のせめぎあい

国会にて告解権を奪取せよ

さまよひがちな猿に目隠しをする

漆黒の夜にアクリル絵具で重ね塗り

西瓜も通貨糖と水との価値融合

世界霊を呼び出すのに正解なんてないさ

創意工夫ビーバーダムにきわまれり

太陽光に高まる鍋のプレッシャー
珍獣の生態学に酔ひしれて
伝へてよ瞬時の思念の通過光

諦念と適度の混乱定型詩

東洋で一匹西洋で一匹賢猫を見た

奈落に落ちてむしろ楽しくなりました

人情より大切なのは歌の友情

ぬかるみを馴らして都市を建設す

眠りほど楽しき学習なかりけり

農耕の夜に南に船出せよ
ハワイよりタヒチに向かふ偽ゴーギャン
ヒッタイト天馬がめざす消失点

不老不死不撓不屈の蕗の薹

変声期かすれた叫びの夜声明

ほんたうの歌は心にしかありません

マニ教徒のごとく決断するさきつぱりと

「未開」といふが開けていいことあつたのか

むくろひとつ野ざらし紀行の栄養学

迷彩服で月の砂漠を歩くのか
妄想の彼方にひろがる非在郷
刃鈍し鈍器は重しで役立たず

優河の声に空があられを送りこむ

溶鉱炉ひと風呂浴びるよ豪傑さん

乱世にかものはしのみ卵胎生

リッケンバッカー鳴らしてビートを刻んでよ
流浪なり流布する噂の系統樹
れんこんで喉をやんわり癒します

露光が長過ぎて仏像が光になった

和解します物と言とのモワレ縞

朝ぼらけ嘘つき世界のSUNRISE

犬と走らういつもの街路のパルクール

雲海の下に讃岐うどんの音響

えんどう豆を遠投すどこにも届かない

オランダの折り紙大船団のヘゲモニー

観測せよ青空にひそむ青い霊

キはこの土地の原音漢字以前の定冠詞

くすぶる野火にイグアナのローストを嗅ぎつけた

健康を語るなら毎日十万歩歩きなさい

交錯する運命ひとつの掌《て》には刻めない

去りがたし地球されど金星《ウエヌス》に磁力あり

試行錯誤で牧場の柵を壊すろば

西瓜色のシャツだねお洒落な夏が来る

正解は弥生三月に埋めてきた

想像力は心の裏面の銀の箔

体幹を鍛へよ自転速度についていけ

痴愚神礼賛調理師魂見せてくれ
つまりは焦燥つま先立つのは不推奨
天牛と書いて何と読むその名を誰がつけた

豆板醤《たうばんぢやん》心の低めのストレート

涙と山査子《さんざし》味はひ深い知行合一

肉を食ふなら地獄に行くのを覚悟せよ

ヌクアロファ豚と浅瀬を散歩する
ネメシスに出会つたの災難だつたね
濃厚な牛乳だここでは泳げない

春を春と呼べば別の情緒が生まれる

氷見《ひみ》を見よ氷を見るの？火を見るの？

船が光る水平線で光つてゐる

変な光だ音だビビビとやってくる
崩壊間近な国家もう家の役目を果たさない
まつこうくぢらが首相の尻を打ちすゑる

「未生」と書いて生の神秘にふるへます

無芸大食牧羊犬にも出番あり

めきめきと腕から枝葉が生えてくる

盲目のウード弾きが福島を訪ねてくれた

やかんひとつ今日もただ湯を沸かすのみ

夕焼けの朱《あけ》で虹を大蛇を飼ひならす

幼虫の変声期を待って幾千年

羅生門に暮らして土砂降りをしのごうか

倫理なし論理なし理性なし知性なし

流亡に生きる民の気概に打たれてゐる

裂帛の気に小数点打ち以下同文

老獪なる老女朗々たる老狼

ワイカトで子羊抱いて月見かな

あみなだぶ暁を呼べ愛と呼べ

犬を眠らす羊の群れの習慣性

牛の巡歴つきあへば日が暮れる年が暮れる

映像の核心は鱏鰭への信心

大阪を待ちながら往生要集を読んでゐた

「彼は誰」や危険な時刻の禅問答

貴種流離を語るな遺伝に履歴なし

苦しみが募る時ついチョコレートを齧るんだって

傾向として系譜にひれふす庶民性

向上心なく水平をさす水準器美し

再会を約す地上の祝祭日

死よ死神よ詩や詩神とのかくれんぼ

西瓜が好きだが半球の潜り食ひは無理

性器といふ用語がCsOを裏切つてゐる

爽快な崩壊砂の城が波に洗はれる

体言止めといふが体型の経年変化をどうするの

椿事出来しても表面的には平常心

作り物の感情に溺れて運河氾濫す

定家に定義ありや定式ありやその定法を学ぶべし

闘牛を讃えし藝術家たち地獄で苦しめよ

内容と形式はひとつそれなら反復練習だ

肉体に傷をつけ時々血を流す苦行

ヌートリア泳ぐ河川のにぎやかさ

ねぎらひと涅槃念仏ねぎと鴨

農業を企業支配から奪取せよ

橋が落ちた神のフィルムを巻き戻せ

干潟よ干潟小さな命の運動会

不況より軍需産業の隆盛を選ぶのか

変身に希望を託して肌を彫る

ほんたうにほんたうに恐い話をしてよ

まひまひずへ下りて若水がぶ飲みす

見過ごしてゐた日常性のマラビーリャ《maravilla》

むかうみずなきみの人生マラビーダ《mala vida》

明示された価格で正直に生きたいね

猛獣にヒトの捕食をうながしたい

夜間飛行で星のシャワーを浴びる夢

夢の中で「夢だ」とつぶやくが理由は忘れた

洋館で吠えてゐるよ柴犬二匹

来週といふ言葉はもつとも手軽な希望

臨終にどの風景を思ふのか

類が友を呼びこの部屋は悪者ばかり

霊界の友人が仕事をいろいろ助けてくれる
ロートレアモン一度はきみに会いたかつた
和解せよ心はいづれ大同小異

# あとがき

あ、い、う、え、お。五十音表の呪縛は言語のすみずみまでゆきわたっているみたいだ。ああ、といえば感慨、あい、といえば感情、あう、といえば悲鳴、あえ、といえば命令、あお、といえば色彩。安定した単純な音節が、世界図絵を描いてゆく。赤、秋、悪、明け、吾子。存在も現象も音に乗って、自動的に湧き出してくる。無言からやってくるのだが、かたちが見えるときにはすでに音をともなっているのが、かれらの性質だ。そして少しでも油断すれば、律動はみずからを整え、5、7、5の線路に帰ってしまう。お行儀のいい言語の羊たち。

ある日、古い本の遊びページに書きつけていたセンテンスの切れ端を、そのままアイウエオ順にしたがって続けてみた。俳句には別にならなくていいので一行詩だと思ってください。いくつか、自分の心にひさしい以前から住んでいたイメージが浮上してきた。年齢的に世界との別れがだんだん近づいて（それは避けがたいことだから）その前にそうしたイメージに火を灯しておけば意味がなくはないだろうと思うようになった。なぐさめを得る人も少しはいるだろう。おもしろいと思えば、つかのま気持ちが明るくなるだろう。

もって「狂狗」と呼び、四十四狗にて一巻をなす。これを六巻。英語題名にはriprapを充てた。護岸工事などのために投げ込まれる捨石のことです。ぼくのイメージにあるのはモンタナ州あたりの標高の高い湖の岸辺に投入され、水面下につづく法面をなしているような石たち。自然物のかけらをもって人工／自然の境界を画す。その石をたどりながら、水面下の世界へどうぞ。奇妙な緑の光がみたす楽園にしばし遊び、思い出を持ち帰っていただければさいわいです。

二〇一九年四月一三日、東京

初出はウェブマガジン「水牛のように」二〇一七年一月号~五月号ならびに九月号

狂狗集　二〇一九年八月一八日 第一刷発行

著者　管啓次郎
発行者　小柳学
発行所　株式会社左右社
一五〇－〇〇〇二
東京都渋谷区渋谷二－七－六
金王アジアマンション
TEL.〇三－三四八六－六五八三
FAX.〇三－三四八六－六五八四
http://www.sayusha.com

デザイン　五十嵐哲夫
印刷・製本　株式会社エス・アイ・ピー


ISBN978-4-86528-235-1 C0092